CHANT

COMMUNISTE.

Ꝼe

15541

CHANT
COMMUNISTE

PAR UN HOMME

QUI NE L'EST GUÈRE,

M. H. BIRAT.

NARBONNE,

IMPRIMERIE DE CAILLARD.

M DCCC XLIX.

PRÉFACE.

———

L'auteur de ce cantique démagogique a chez lui un club qui s'y installa dans un moment d'effervescence, à son insu, pendant qu'il était malade au village (1). La fable de la Lice et sa compagne lui est applicable, avec ce tempérament toutefois, car il faut être juste, qu'il reçoit un loyer qui excède même le prix habituel de la salle ; mais aussi le cas fortuit de l'interdiction du club est laissé à sa charge (c'est du moins ainsi

que ses locataires l'entendent), ce qui lui sera
très-dommageable et peut se traduire de la sorte :
*Quand aourey bégut la mar mé cadra mangea
lous péissés* (2). S'il n'est pas devenu sourd, il est
peu probable qu'un vacarme quelconque puisse
jamais produire cet effet sur un tympan aussi ré-
sistant que le sien. Les jours de grande réunion,
quand la salle et la cour, la place et le parvis de
Saint-Just, regorgent d'hommes, de femmes et
d'enfants ; que tout ce monde crie, chante, danse
et se bouscule, on dirait des aboiements de Scylla
et des mugissements du Gargane : *Garganum
mugire putes nemus ant mare tuscum* (3).

En somme peu de gens, même parmi les plus
zélés du club, ont envié jusqu'ici son bonheur.
Aussi, quand cessera pour lui une situation qui, de-
venue beaucoup plus tolérable, sans aucun doute,
a bien encore ses petits désagréments, s'écriera-t-il,
avec reconnaissance, comme le saint homme Job :
Tendensque ad sidera palmas Dieu me la donné en expiation sans doute de mes pécadilles li-
bérales de 1820, lorsque je criais du haut de ma
tête : Vive Manuel ! vive Benjamin Constant ! vive
la Charte ! à la grille de la chambre des députés,
avec un tas d'étourdis qui gagnaient à ces ovations
des pertes d'inscription, des boules rouges ou
noires et quelquefois pis ; Dieu me l'a donné,
Dieu me l'a ôté, béni soit mon châtiment et bénie
soit sa miséricorde ! Eh bien, ce pauvre auteur
(point de calembourg désobligeant, s'il vous plaît),
qui a pu s'assurer par lui-même du peu d'utilité

de ces réunions tumultueuses pour une propagande éclairée et sagement progressive, voudrait, pour l'acquit de sa conscience (voyez le scrupule!) que de cette même maison où ont été prêchées, par des orateurs de passage à qui l'on accordait trop facilement la parole, quelques doctrines de mauvais aloi, dont les candides auditeurs ne mesuraient pas bien toute la portée, il sortît une œuvre qui pût en quelque sorte faire compensation.

Peut-être n'a-t-il pas, en mettant dans la bouche d'un socialiste effréné, dans toute leur crudité, quoique dans une intention satirique, des maximes et des vœux condamnables, pris le meilleur parti pour atteindre son but, qui n'est certainement pas de nuire à la cause de la république honnête, la seule viable. Il serait enchanté pour son compte que cette seconde épreuve donnât raison aux partisans d'une forme de gouvernement qui ne lui est aucunement antipathique. Il n'a pas, à l'apparition du bonnet rouge, crié : Vive la République! mais il attend impatiemment l'époque où, toutes ses appréhensions dissipées, tous les intérêts sauvegardés, tous les droits respectés, l'ordre rétabli dans les esprits comme dans la rue, et le budget équilibré, après une meilleure assiette et une répartition plus équitable des impôts, il pourra décemment crier comme les autres. Possible toutefois que, quand ses désirs et ceux de la très-grande majorité des Français seront comblés à cet égard, les premiers braillards, se croyant mystifiés, ne poussent des grognements au lieu de vi-

vats. S'ils font chorus avec les hommes d'ordre,
à la bonne heure.

J'ai dans ma jeunesse lu beaucoup de pièces
révolutionnaires en prose et en vers. Je n'en fais
pas précisément mon meâ culpâ, parce que dans
mon désir ardent de m'éclairer, après avoir lu le
pour qui faillit m'égarer, je voulus lire aussi le
contre. J'étais donc un libéral convenable en juil-
let 1830. Royer-Colard était alors mon homme.
Il n'en coûta pas mal à la France pour le peu de
bien que fit cette révolution. Mes impôts à moi furent bientôt doublés. Aussi me promis-je bien de
ne plus mordre à l'hameçon, quelqu'avenant que
fût l'appât qui en dissimulerait le dard et le cro-
chet. Bien m'en a pris; je n'ai rien à regretter
cette fois de mes opinions et de mes vœux, quoique mon abstention des erreurs en crédit m'ait
valu la qualification d'aristocrate, et que j'aie
failli être mis sur la gazette comme mauvais citoyen. Je subis ces épithètes sans les accepter.

Je me rappelai ces jours derniers une chanson,
en trois couplets, sur la première république, que
j'avais lue dans un recueil de chants patriotiques;
les deux premiers ne valent rien. Le troisième, que
voici, n'est pas mal :

On porte aux cieux un héros
    Tant qu'il est utile.
On jouit de ses travaux,
    Ensuite on l'exile.
Cela n'est pas bien décent

Mais c'est la mode pourtant,
D'une ré ré ré, d'une pu pu pu, d'une ré,
d'une pu', d'une république bien démocratique.

Le mot démocratique finit toujours l'octave, ce qui n'est pas bien malin (pardon de l'impropriété de l'expression.)

Comment l'auteur, pensé-je en la fredonnant, n'a-t-il pas tiré meilleur parti de son sujet? les absurdités, les folies, les horreurs n'ont pas manqué de son temps; il n'y en a déjà pas mal dans le nôtre. Voyons si je ne m'en tirerai pas mieux que lui : la mine est féconde; bien plus, comme en Californie, le minerai que je convoite abonde et luit à la surface du sol; il n'y a qu'à se baisser et prendre. Je me mis donc à l'œuvre, et, la tête montée par un sujet si attrayant, j'accouchai sans trop de mal, quelquefois même en riant aux éclats, non pas d'une chanson, mais d'un petit poème. Il m'en cuira un peu si je ne réussis pas. Cette seconde perte ira grossir celle de la rente annuelle de ma salle et tant d'autres.... Bah! qui ne hasarde rien ne gagne rien, mes compatriotes seront peut-être assez bons pour me défrayer du tout (4). S'il en est autrement, c'est que ma pièce ne vaut rien. Cela arrive souvent à des faiseurs plus exercés; mais leurs vers viennent d'une fabrique en réputation et sont prônés à prix d'argent par les journaux. J'aurais peut-être pu, lecteur, faire un peu mieux en y mettant le temps; mais, pour le succès d'une pièce de circonstance, il faut saisir la circonstance aux crins, non pas derrière, mais

par le *sinciput*. Elle n'en a que là, disent les
poètes et les peintres. L'air de ma pièce est drôle
et connu de tous... Y êtes-vous? partez.

CHANT COMMUNISTE.

I.

Celui dont le précurseur
   Fut Saint Jean-Baptiste,
Notre divin Rédempteur,
   Était communiste.
Qui l'a dit?... Son testament.
Ce livre est le rudiment
   D'une république
   Bien démocratique.

II.

Que répondit Samuël
(La Bible l'atteste)
Au sot peuple d'Israël ?
  » Un roi c'est la peste.
» Vous voulez avoir des rois,
» Vous vous en mordrez les doigts :
  » Une république
  » C'est la forme unique.

III.

Dans nos dangereux hasards
  Saint Paul, je m'en flatte,
Bénira nos étendards
  Couleur écarlate :
Aux turcarets de son temps
Il montrait de longues dents ;
  A la république
  Fera-t-il la nique ?

IV.

Où sont les gens comme il faut,
  Parmi les Apôtres ?
Saint Joseph tint le rabot,
  Il sera des nôtres.
Je vois au rôle des Saints
Un noble pour cent vilains ;
  Notre république
  Aura leur pratique.

V.

Au courroux de l'Éternel
　Serions-nous en butte ?
Le poète aimé du Ciel,
　Qui chanta la chute
De nos coupables aïeux,
Fut l'avocat chaleureux
　D'une république
　Fort démagogique.

VI.

Des Monarchiens aux abois
　La huaille impie
A beau crier sur les toits :
　Chimère, utopie ! ! !
Quand on a pour soi Platon,
Ergoteur du premier bon,
　Une république
　Peut sembler logique.

VII.

Tite-Live, auteur latin,
　Est sobre de craques ;
Eh bien, dans son vieux bouquin,
　Je lis que les Gracques
Voulaient que tout plébéien
Eût sa case et son lopin
　Dans la république.
　O vertu civique !

VIII.

Voltaire mit aux abois
La gent à soutane ;
Mais il fut l'ami des rois ,
Et je le condamne.
Nous joûrons ses deux *Brutus,*
Son *Tancrède*, et rien de plus.
Pour la république.
Le reste est morbique.

IX.

Jean-Jacques le Génévois
Commit bien des fautes ;
Soit, mais il portait aux rois
De fameuses bottes ;
Et ses immortels écrits
Préparèrent les esprits
A la république,
Sur le sol gallique.

X.

A la *selle* il accoucha
De feu Robespierre.
Nul autant n'effaroucha
Les grands de la terre ;
Doux chez lui comme un mouton ,
Il luttait en vrai démon
Pour la république
La plus excentrique.

XI.

Figurons sur ce tableau,
    Ceint d'une auréole,
Le pourvoyeur du bourreau,
    Du peuple l'idole.
Pouvant tout, ce bon *Marat*,
Creva sàns un assignat
    De la république ;
    Fait très-authentique.

XII.

Quand on vante *Washington*,
    Voyez-vous, j'enrage !
Il ferma les clubs, dit-on,
    Ce fut grand dommage.
Américains opulents,
De sordides débitants,
    Votre république
    N'est qu'une boutique !

XIII.

Notre programme échoûra !
    Disait Lafayette ;
Bientôt il tapissera
    La sâle lunette.
Louis-Philippe est bien fin ;
Il nous fait, le Pélerin !
    Une république
    Toute monarchique.

XIV.

Le suffrage universel
  Est notre conquête.
Au peuple faisons appel ,
  Liberté complète.
Son vœu sera notre loi
S'il adopte , au lieu d'un roi ,
  Notre république ;
  Autrement , bernique !

XV.

De par Louis Blanc , Raspail ,
  Huber , Caussidière ,
Nous aurons droit au travail.
  Nargue la misère !
Aux riches , frères , amis ,
Nous ferons voir du pays.
  Notre république
  Leur vaut la colique.

XVI.

On nous promit un milliard ,
  Et , tout nous l'assure.
Il viendra quoique un peu tard ,
  Mais avec usure.
Oter aux pécunieux
Pour doter les paresseux ,
  De la république
  C'est là la tactique.

XVII.

Que Thémis, pleine d'égards
　Pour ceux de *la veille*,
Aux méfaits des *montagnards*
　Ferme son oreille ;
Je l'admets, je le comprends :
Mais ne pas sangler les blancs,
　Sous la république,
　Est-ce politique ?

XVIII.

Voici venir le bon temps,
　Forçats, très-chers frères !
Vous aurez des remplaçants,
　Quittez les galères !
Quel est donc le vrai voleur,
Si ce n'est le possesseur ?
　Sous la république,
　Avoir est inique.

XIX.

Dans vos infects cabanons
　Étiez-vous aux nôces ?
Moi, dans d'humides donjons
　J'ai pourri mes chausses.
Les forts succèdent aux fins ;
Bombance aux républicains !
　Sous la république
　N'est-ce pas topique ?

XX.

Comme à des Sancho-Panças
  Que la faim dévore,
On veut nous souffler les plats....
  Point de *Tarti-fuore!!*
Lamartine est ce docteur,
J'ai sa baguette en horreur;
  Notre république
  Deviendrait étique.

XXI.

Dans le déduit amoureux,
  Moi, je suis bon drille;
Et j'ai, par-dessus les yeux,
  Du pâté d'anguille;
Si j'avais quelque crédit,
Au code il serait écrit :
  Sous la république
  La femme est publique.

XXII.

Vous aurez affaire à nous,
  Durs célibataires!
Vous, dont Jésus est l'époux,
  Vous deviendrez mères!
Des pensions, des rubans
A qui pondra plus d'enfants!
  Quelle république
  Ample et prolifique!

XXIII.

Qui veut la fin, aux moyens
   Serait-il contraire?
Vous, bâtards-adultérins,
   Et vous, filles-mères,
L'État vous adoptera,
L'État vous honorera :
   Sous la république
   La morale abdique.

XXIV.

La science est un fatras,
   Vidons les écoles !
Et des blancs, ces scélérats,
   Remplissons les geoles !
Le bonnet est de rigueur;
A la carmagnole, honneur !
   Sous la république
   Ni frac, ni tunique.....

XXV.

De stabats et de noëls,
   De longues antiennes,
De versets sempiternels
   Les *heures* sont pleines :
Cela bientôt finira;
Du sublime *ça-ira,*
   A la république,
   Suffit le cantique.

XXVI.

Mon fils a prénom Paulet ;
Ma fille, Charlotte.
L'un s'appellera navet.
Et l'autre carotte.
Mai deviendra prairial ;
Avril sera germinal.
De la République
Suivons la rubrique.

XXVII.

A ce mot de germinal
Je vous vois sourire ;
Branche d'amandier ou pal
Il veut aussi dire.
Arrière les calotins !
Gare à vous les muscadins !
Sous la république
Vous sentez la trique.

XXVIII.

Proudhon vient de passer Dieu,
(L'autre a sa retraite)
Il régira de haut lieu
Tourbillon, planète.
Le soleil à l'occident
Se lèvera rayonnant
Sur la république :
Ce sera comique.

XXIX.

De fou, de tête à l'envers,
    Partout on le taxe;
Et pourtant de l'univers
    Il déplace l'axe.
Nous ne greloterons plus,
Nous cuirons dans notre jus,
    Si la république
    Se trouve au tropique.

XXX.

Chauffés au plus haut degré,
    Blancs ou patriotes,
Nous serons, bon gré mal' gré,
    Tous des sans-culottes.
Et ma maîtresse Goton
Sautera sans cotillon
    Pour la république,
    Sans être impudique.

XXXI.

Trafiquant, gratte-papier,
    Mignon à gant jaune,
Reprends la plume et l'encrier,
    Le lorgnon ou l'aune;
Sobrier, ce grand citoyen,
Réserve à ceux qui n'ont rien,
    Sous la république,
    Le képy civique.

XXXII.

Nous marcherons sur tes pas,
  Blanqui, forte tête !
Il pleuvra des cervelas,
  Cabet, vieille bête !
Quand nous quitterons Paris,
Ses lorettes et ses ris,
  Pour ta république
  Maigre et famélique.

XXXIII.

De ce bon Pierre *Leroux*
  Vivent les *agapes* !
Avec du vin à cinq sous
Et veau froid sur nappes.
De *Sparte* le noir brouet
Ne sera jamais mon fait :
  A la république
  Il faut du tonique.

XXXIV.

De *Danton*, maitre *Ledru*
  Affecte le rôle ;
Je le voudrais moins ventru.
  Sa vive parole
De *l'an deux* a le parfum ;
Mais a-t-il, du fier tribun
  De la république
  La pose athlétique ?

XXXV.

Point de consul, s'il vous plaît,
 Président, exarque ;
Tout cela c'est blanc bonnet
 Avec un monarque.
Un *chicot* tient bien souvent
Plus que la meilleure dent.
 Pour la république
 Triste viatique !

XXXVI.

Loin , bien loin *Napoléon*....
 O France niaise !
Avec liberté ce nom
 Est en Antithèse.
Pas plus lui que *Cavaignac* ,
Qui mit les rouges à sac !...
 Sous la république
 Fi de cette clique !

XXXVII.

De nos prétendus héros
 Craignons l'incivisme ;
Vaincus, à l'œuvre, bourreaux !
 Vainqueurs, l'ostracisme !
Pour le salut de l'État
Ç'était vertu d'être ingrat ,
 Dans la république
 D'Athènes l'antique.

XXXVIII.

Qu'une vierge au fier regard
　Et la gorge nue,
Empruntée aux Lupanar,
　Charme notre vue !
Que ses robustes appas
Étonnent les fiers-à-bras !
　Car la république
　Tient en main la pique.

XXXIX

Tout ce qui date des rois
　Hâtons-nous d'abattre ;
Que l'emblême soit de bois,
　De bronze ou de plâtre !
Et que la saine *raison*,
Dans le plus petit canton
　De la république,
　Ait sa basilique !

XL.

Niveleurs, des vieux abus
　Ne laissons point trace !
Le mien, le tien ne sont plus ;
　Tout est à la masse.
Pour en finir au plutôt,
La lanterne ou l'échafaud :
　De la république
　C'est le spécifique !

NOTES.

NOTES

DE LA PRÉFACE.

---

(1) Le vice originel de cette possession irrégulière a été effacé depuis par un acquiescement à peu près volontaire; j'ai dû tirer du fait accompli le meilleur parti possible.

(2) Ce qui veut dire en français : Maintenant que j'ai bu la mer, j'ai encore les poissons à manger.

(3) L'attrait que, dans le principe, des orateurs nomades donnaient aux grandes représentations du club était tel, qu'on faisait parterre d'un petit toit peu incliné qui se trouve à la hauteur de l'une des fenêtres de la salle, et que des dévotes (c'est à ne pas le croire !) favorisées par le concierge de St.-Just, qui leur ouvrait la porte des terrasses inférieures de l'église, se tenaient aux écoutes, à plat ventre, et par conséquent le dos à l'air, par un vent de *cers* injurieux, sur la grande toiture dont elles avaient soulevé quelques tuiles. Que de péchés dans un seul, et quelle pénitence elles en ont dû faire ! 1° curiosité; 2° Manquement du concierge à son devoir, imputable à ces femmes ou filles curieuses ; 3° audition de doctrines réprouvées par l'Eglise ; 4° dommage au propriétaire; 5° Oubli de la dignité du sexe ; 6° Mensonge à la maman étonnée de voir sa fille rentrer si tard, etc. : danger pour l'âme, danger pour le corps, tout se trouve dans ce fait si peu répréhensible en apparence. O faiblesse humaine ! *Parce, parce, Domine, fragilitati ancillarum tuarum !*
Je demande maintenant s'il est croyable qu'ayant l'égoût des toits à leurs pieds, elles ont pris la peine de descendre, dans les cas un peu pressants. Ce qu'il y a de certain, c'est que, trompé par l'humidité des murs et du pavé, il m'est arrivé quelquefois de croire à des ondées nocturnes. *A plogut aquésto neït, Margarido?* dis-je un matin à la rieuse servante de M.....

an de mes locataires.—*Nani, Moussu; és qué sé soun pas geïnats hier al souer. Per aquos, aquélis homénassés, aquélos fennassos, poudion pas 'ana`r`déforo !..... ¡Jésus moun dious! abio pas tout bist. Qu'uno bergougno!*

(4) Ce n'est pas tout, mes parents, mes amis, que de me dire : C'est fort joli, il faut imprimer cela. Si ma brochure peut faire quelque bien à la cause de l'ordre, achetez, achetez, propagez, faites mousser. Vous n'en ferez probablement rien, et je ne vous en saurai pas plus mauvais gré; mais si je tombe au beau milieu du fossé que vous me faites sauter en me poussant par le dos et par les épaules, et que je m'y crotte jusqu'aux reins, ne vous moquez pas trop de moi. J'ai, comme vous le savez, répondu à l'appel fait par le comité électoral de la rue Poitiers, non seulement à Paris mais dans toute la France, à tous les gens de lettres qui ayant la conscience des dangers que court la société, ont le loisir de prendre la plume pour la défendre contre de détestables doctrines, et assez de talent pour se faire lire. Je crois avoir fait quelque chose de passable; je suis autorisé par votre sincérité à penser que vous le croyez comme moi; si j'ai été trompé par mon amour-propre; si votre affection pour moi vous a aveuglés sur les défauts de mon œuvre que vous aurez jugée plus avec votre cœur qu'avec votre esprit et votre goût, il n'y a pas grand mal à cela. Le public prononcera en dernier ressort, et son arrêt, que j'accepterai, s'il m'est défavorable, avec plus de résignation que par le passé, parce que la louange a bien moins de saveur sur le soir de la vie qu'à son aurore ou à son midi, *pro veritate habebitur*, sera la vérité même.

NOTES

DU CHANT COMMUNISTE.

STROPHE II.

Voici les paroles de Samuël, telles qu'elles sont rapportées dans le livre des Rois, chapitre 8.

« Voici quel sera le droit du roi qui vous gouvernera. Il prendra vos enfants pour conduire ses charriots; il s'en fera des gens de cheval et les fera courir devant son char.

« Il en fera ses officiers pour commander, les uns mille hommes et les autres cent. Il prendra les uns pour labourer les champs et pour recueillir ses blés, et les autres pour lui faire des armes et des charriots.

« Il fera de vos filles des parfumeuses, des cuisinières et des boulangères.

« Il prendra aussi ce qu'il y aura de meilleur dans vos champs, dans vos vignes et dans vos plants d'oliviers, et le donnera à ses serviteurs.

« Il vous fera payer la dîme de vos blés et du revenu de vos vignes, pour avoir de quoi donner à ses eunuques et à ses officiers.

« Il prendra vos serviteurs, vos servantes et les jeunes gens les plus forts, avec vos ânes, et les fera travailler pour lui.

« Vous crierez alors contre votre roi que vous aurez élu, et le Seigneur ne vous exaucera point, parce que c'est vous-mêmes qui avez demandé un roi. »

Samuël fait évidemment le portrait d'un tyran et non pas d'un roi digne de ce nom; à plus forte raison d'un roi constitutionnel. Aucune des grisettes ou paysannes de Narbonne n'a été faite parfumeuse ou boulangère contre son gré, et je ne sache pas que les officiers de Napoléon, de Charles X, ou de Louis-Philippe aient jamais fait main-basse sur les ânes de Gruissan ou les ânesses de nos paysans de Narbonne. Il y avait là une fameuse razzia à faire, car chacun à la sienne, à côté de laquelle folâtre son poulain.

STROPHE III.

Allusion à sa sortie contre les heureux de la terre, où il dit qu'il est plus difficile à un riche d'entrer dans le Paradis, qu'il ne le serait à un chameau de passer par le trou d'une aiguille.

On vient de me dire que ces paroles sont de Jésus-Christ. Eh bien! si Jésus-Christ les a dites, St. Paul a dû souvent les répéter.

M. le prote, ai-je le temps de faire une recherche avant la première épreuve? — Oui, Monsieur, mais faites vite. — Je ne suis pas fort sur la Bible. Je vais, pour me fixer, parcourir rapidement le nouveau testament. Voyons : Évangile selon St. Matthieu. St. Matthieu soit. Matthieu! — Plaît-il, mon Dieu! prends ton sac et ton épée, etc., chap. 1er.... chap. 2.... je vois là d'excellentes choses; mais je ne trouve pas ce que je cherche. Chapitre 7, 8, ce n'est pas encore ça. 15, 19. Ah, m'y voici! C'est bien Jésus-Christ qui a fait cette comparaison du paradis et du trou de l'aiguille; du riche et du chameau. Versets 23 et 24. Une critique de moins à subir, c'est toujours autant. Puisque j'ai déjà parcouru les deux tiers de cet évangile, allons jusqu'à la fin; ce n'est certes pas du temps perdu. Chapitre 25. Que vois-je? un serviteur gourmandé et expulsé par son maître pour n'avoir pas fait fructifier le *talent* qu'il lui avait confié en partant pour un long voyage; ceci est curieux. Verset 26. « Serviteur mé-« chant et paresseux! vous saviez que je moissonne où « je n'ai point semé et que je recueille où je n'ai rien « mis. Vous deviez donc mettre mon argent entre les « mains des banquiers, afin qu'à mon retour je retirasse « avec usure ce qui est à moi. » On capitalisait dans ce temps-là. Il y avait donc des banquiers. Ils n'étaient point infâmes, et l'on pouvait tirer parti de son argent. Verset 28. « Qu'on lui ôte donc le *talent* qu'il a et « qu'on le donne à celui qui a dix *talents*. » Verset 29. « Car on donnera à tous ceux qui ont déjà, et ils seront « comblés de biens; mais, pour celui qui n'a point, on « lui ôtera même ce qu'il semble avoir. » C'est-à-dire, que *las peïros ban as clapassés* et que *ploou toujours sus bagnats*. Et ce sera toujours de même, de même, comme aux *Rendez-vous bourgeois*. Verset 30. « Et qu'on jette ce « serviteur inutile aux ténèbres extérieures. C'est-là « qu'il y aura des pleurs et des grincements de dents. »

C'est à celui qui ne veut pas se mouiller à gagner par son travail de quoi acheter un caban ou un parapluie. Passons outre :

« Bienheureux ceux qui sont doux, parce qu'ils posséderont la terre. »

« Bienheurenx les pacifiques, parce qu'ils seront appelés les enfants de Dieu. »

« Quiconque se mettra en colère contre son frère, méritera d'être condamné par le jugement. »

« Tout royaume divisé contre lui-même sera ruiné, et toute ville divisée contre elle-même ne pourra subsister. » Nous avons failli être canonnés à Narbonne par l'effet de nos divisions.

« Mais, comment le brigand peut-il entrer dans la « maison du fort, et piller ses armes et tout ce qu'il « possède, si auparavant il ne lie le fort pour pouvoir « ensuite piller sa maison. » C'est là le *hic*.

Tout cela est admirable, plein de sens, de charité, de douceur, et devrait être lu dans les clubs à l'ouverture des séances. Mais point, on commence par la Marseillaise, on finit par la Marseillaise. C'est un appel continuel aux armes ; il n'est jamais question dans le refrain que de sang à répandre pour abreuver nos sillons. Les rogations faites avec dévotion nous vaudraient mieux que cela, car nous avons grandement besoin de pluie. C'est du sang impur, si l'on veut, mais qui sera juge de la pureté du mien si ce n'est mon chirurgien ! j'ai donc trouvé plus que je ne cherchais. Engourmandi par le peu que j'ai lu, je me promets bien d'y revenir. Et Saint Paul, que dit-il ? Ut. ré, mi, fa, sol, l'apôtre Saint Paul, disait en musique.... Épître aux Romains, aux Corinthiens, aux Ephésiens, hola ! ce ne sont pas des épîtres de Lacédémonien ! L'apôtre est bien plus verbeux que le maître. Mais aussi quel maître ! il doit y avoir là toutefois de l'excellent....... Ce sera pour une autre fois. Portons cette note à l'imprimeur.

STROPHE V.

Ce poète est Milton, auteur du Paradis Perdu, secrétaire de Cromwel. Il eut le tort, dans sa réponse à Saumaise, qui reprochait à la nation anglaise la mort de Charles Ier, de glorifier les meurtriers de ce monarque.

STROPHE VII.

Sobre de craques, si l'on veut! Aucuns prétendent qu'il était passé maître en fait de hâbleries. Sans aller aussi loin, on peut tenir pour *frimes* l'allaitement de Romulus et de Remus par une louve; le secours miraculeux que reçut Valerius Corvus, d'un corbeau perché sur son casque, dans son duel avec un ennemi de taille gigantesque; l'emploi du vinaigre comme dissolvant d'énormes rochers, par Annibal, lors de son passage des Alpes.

Les Gracques n'entendaient nullement porter atteinte aux propriétés patrimoniales. Il n'était question dans leur fameuse motion sur le partage des terres que de cette portion de terres conquises sur les ennemis que l'État vendait ou louait à bas prix pour bannir l'extrême misère, et pour que tous les citoyens se trouvant posséder quelques fonds, s'intéressassent à la conservation de la république. En violation des lois sur cette matière, ces terres avaient été, au moyen de prête-noms, accaparées par quelques grandes familles, qui élevaient abusivement le prix des fermages et mettaient le menu peuple aux abois.

STROPHE VIII.

Ses deux *Brutus*, son *Tancrède*, etc. C'est faire une belle grâce à Voltaire, car les républiques de Rome et de Syracuse n'étaient certainement pas des républiques démocratiques-sociales.

STROPHE XII.

Le trait est un peu fort, mais il est mérité au point de vue de nos socialistes guerroyeurs. Ce peuple, en effet, fidèle aux recommandations de son glorieux libérateur, ne fait pas de propagande armée, et ne songe, sa liberté sauvegardée, qu'à faire ses affaires. Ce ne sont pas seulement Wasington, Lafayette, les plus grands citoyens et les meilleurs patriotes de la fin du dernier siècle et du commencement de celui-ci, qui condamnent les clubs. Le fondateur de l'école harmonienne, l'inventeur du phalanstère, Fourrier a stygmatisé avec énergie les excès des clubs. Voici ce qu'il en dit quelque part : « C'est à la raison d'étouffer les mauvais germes, comme les clubs politiques...... Les plus grands maux ont souvent des germes imperceptibles, témoin le Jacobinisme. Il existait des clubs avant la ré-volution française. On y voyait figurer les hommes les plus intègres, et l'on n'aurait jamais soupçonné que de pareils rassemblements recélassent les germes d'une tyrannie plus affreuse que celle de Néron et de Tibère, car celle-ci ne frappa que sur les grands, les capitales et les gens à parti, tandis que les clubs étendirent leurs persécutions sur les citoyens les plus obscurs et les hameaux les plus éloignés. » Voilà ce que pensait des clubs l'un des pères du socialisme.

STROPHE XIII.

Il est ici question du fameux programme de l'hôtel de ville, dont Louis-Philippe fit assez peu de cas et dont il put penser, sinon dire : *Franchement, il est bon à mettre au cabinet.*

STROPHE XVI.

On a témoigné un grand regret de n'en avoir pas décrété deux. Le recouvrement d'une aussi forte somme aurait probablement rencontré de grandes dif-ficultés dans les circonstances d'alors.

STROPHE XVII.

Décret du 8 octobre, an II de la République.

« Les propriétés des patriotes sont inviolables et sa-crées ; les biens des personnes reconnues ennemies de la révolution seront sequestrés au profit de la républi-que. »

Rapport fait à la Convention au nom du comité de salut public, par St.-Just. Séance du 26 germinal an II.

ART. 23.

« Si celui qui sera convaincu désormais de s'être plaint de la révolution vivait sans rien faire et n'était ni sexa-génaire, ni infirme ; il sera déporté à la Guyanne. *Ces sortes d'affaires seront jugées par les commissions popu-laires.* »

Rapport sur le tribunal révolutionnaire fait par Couthon au nom du comité de salut public, le 22 prairial an II.

ART. 8.

« La preuve nécessaire pour condamner les ennemis
du peuple est tout espèce de document, soit matériel-
le, soit morale, soit verbale, soit écrite, qui peut na-
turellement obtenir l'assentiment de tout esprit juste
et raisonnable. La règle du jugement est la conscience
du juré, éclairée par l'amour de la patrie, le but,
le triomphe de la république et la ruine de ses ennemis; la procédure, les moyens simples que le bon sens
indique pour parvenir à la connaissance de la vérité.»

ART. 16.

« La loi donne pour défenseurs aux patriotes calom-
niés des jurés patriotes; elle n'en accorde point aux
conspirateurs.

« LE CITOYEN RUAMPS : ce décret est important, s'il
était adopté sans ajournement je me brûlerais la cer-
velle. »

STROPHE XVIII.

«Dieu, c'est le mal; la propriété, c'est le vol.» Doctrines du citoyen Proudhon.

«C'est l'homme riche qui est mis comme un voleur.
Le prolétaire, lui, est mis comme un volé! certains de
ceux qui sont aux bagnes ne sont pas les plus grands
voleurs. Un galérien est un homme d'élite, qui, placé
dans un faux milieu, a brisé les liens qui l'étreignent
dans un avenir de misère et de souffrance sans issue. »
Paroles prononcées dans un club de Paris par le citoyen Bonnard, et à raison desquelles il a été condamné
à un an de prison et à 500 fr. d'amende.

STROPHE XX.

Tarti-fuore, nom du docteur rébarbatif chargé par
les protecteurs de Sancho-Pança de veiller sur la santé
de M. le gouverneur dans son île de Barataria.

STROPHE XXI.

Voir le conte de Lafontaine intitulé : Le paysan et son
seigneur, pour s'assurer que le même plat, quelque
bon qu'il soit, devient à la longue fastidieux.
Peste, comme il y va notre gaillard communiste !
avec des amateurs de cette trempe, l'harmonie du pha-

lanstère serait bientôt détruite. Eh, mon ami! dans toute société, quelque douces et faciles qu'en soient les lois, la liberté de chacun a pour limite le droit d'autrui; et pour conquérir telle femme qui ne voudrait pas de toi, il faudrait passer sur le corps du possesseur, du favori, du géniteur et de l'époux, si ces personnages avaient part, quoiqu'à des degrés différents, à ses affections.

« Divers grades seront établis dans les unions amoureuses. Les trois principaux sont :

1º Les favoris et les favorites;
2º Les géniteurs et les génitrices;
3º Les époux et les épouses. »

Ces titres, qu'il faut mériter par une entente cordiale jamais démentie, donnent, dans la commune sociétaire, des droits progressifs sur une partie de l'héritage progressif.

« Une femme pourra avoir à la fois :

1º Un époux dont elle aura eu deux enfants;
2º Un géniteur dont elle n'en a eu qu'un;
3º Un favori qui aura vécu avec elle et conservé ce titre;
4º De simples possesseurs qui ne sont rien devant la loi. »

Dans le ménage progressif, tel qu'il sera institué dans le phalanstère, nul ne pourra plus se plaindre de s'être *attrapé*, puisque chaque grade ne s'obtiendra qu'après avoir fait ses preuves, par une bonne intelligence jamais troublée, *et mutuo consensu*.

STROPHE XXII.

(Voir le projet d'impôt progressif sur les célibataires présenté par un représentant.)

STROPHE XXIII.

Toutes ces belles choses décrétées dans les plus mauvais jours de la révolution se trouvent contenues dans le bonnet rouge, véritable corne d'abondance de la république violente et dévergondée.

STROPHE XXIV.

Quelle disgracieuse et crasseuse coiffure! nous ne porterions pas tous le bonnet aussi coquettement que

le berger du mont *Ida*, le beau *Pâris*, que je vois sur
le tableau de *David*, faisant le calin auprès de la belle
Hélène, au lieu d'aller se battre pour sa patrie qu'il a
mise, non pas à deux, mais à dix doigts de sa perte, chacun des dix doigts représentant une année de siège.
Les uns auraient le bonnet sur l'oreille comme des
mitrons, les autres l'auraient doublé et formant bour-
relet sur le front en guise de turban; d'autres, enfin,
rigide et en pain de sucre comme Argant, le malade
imaginaire de Molière; et puis rien qu'une couleur et
la couleur la plus ardente. Il y a au bagne plus de va-
riété. Passe encore pour les citoyens; mais les cito-
yennes, bon Dieu! s'il en est une, en province, qui
ambitionne cette stupide et dégoûtante coiffure, elle
est décidément abandonnée de Vénus et des Grâces, et
digne d'entrer dans le bataillon des Vésuviennes, qui
s'organisait à Paris sous la direction de *Borme*, ce cer-
veau brûlé. Je ne comprends que chez ces drôlesses,
armées du mousqueton ou de la pique, l'uniformité
et l'unicolorité de cette coiffure : pour faire reste de
raison aux partisans mâles ou femelles de ce célèbre
couvre-chef, qu'on le conserve sur la tête de la *Marianne*, puisqu'il y a prescription ; mais je demande que
quand la déesse *Raison* partagera avec elle les homma-
ges du peuple français, on l'affuble du *couffét* et du
pèt-en-l'air de la vieille Mme *Passenaud*. Par ces motifs,
et par ceux que déduisit Maximilien Robespierre à la
tribune des Jacobins, à la séance de je ne sais plus quel
jour, je vote contre le bonnet rouge qu'il n'a jamais
porté.

Cette sortie vous semble outrageuse et violente; qui
croirait cependant que je n'aurais pas été fâché qu'on
eût conservé cet emblème sur l'écusson de la nouvelle
république. Serait-ce qu'il y a quelque chose de révolutionnaire dans ma nature? que je n'ai pas tout à fait
dépouillé, non le vieil homme, mais l'adolescent, l'étu-
diant en droit de 1820, plein de Plutarque et de Tite-
Live, que passionnaient à cette époque la lecture de la
Minerve française et des lettres *Normandes*? Serait-
ce parce que faisant un retour sur mes vertes années,
enfant de la première révolution, né sous le directoire,
j'ai gardé le souvenir de ces faisceaux de verges que
nous barbouillions sur le papier, chez M. *Brieussel*,
et que nous décorions de drapeaux tricolores pendants
aux bouts supérieurs d'une croix de *Saint André*, après
les avoir surmontés du bonnet de la liberté, de cette

plaque d'une cheminée de la maison paternelle où figurait en relief ce symbole avec l'inscription latine : *Pro patriâ*, et sur laquelle j'avais les yeux fixés quand je faisais rotir des marrons sous la cendre, ou que je faisais des ovales en agitant un bout de sarment en ignition? Serait-ce parce que je voyais sans cesse ce bonnet reproduit sur les pièces de deux sols qui composaient mon petit pécule, et avec lesquels je jouais au bouchon? Tout cela y contribue peut-être : toujours est-il que lorsque, dans les premiers jours de mars 1848, je le vis arboré à deux mats énormes dressés sur l'esplanade de Montpellier, j'éprouvai un sentiment composé mi-parti de plaisir et de stupeur. Ce spectacle si inattendu m'attirait et me repoussait à la fois ; il me rappelait en même temps Rome, Sparte, Régulus, Guillaume Tell, Robespierre, la guillotine. J'étais comme ces enfants timides qui, à l'aspect d'une mascarade qui les amuse et qui les effraie, se réfugient dans les bras de leurs mères, pour la contempler en toute sûreté. Mais l'horreur prit bientôt tout à fait le dessus, quand mes oreilles furent abasourdies des clameurs et des imprécations de misérables, impatients de voir se dresser les échaffauds... Quant à la *Carmagnole*, elle m'a toujours déplu ; elle n'est ni phrygienne, ni romaine, ni spartaine, ni helvétienne. Je préfère de beaucoup le hocqueton du paysan, dit *boumbassi*, qui, descendant jusqu'à mi-cuisse, aura, pour les futurs sansculottes, cet avantage de cacher ce qu'on ne doit jamais voir, pas plus sous la république que sous la monarchie.

J'ai dit plus haut que Robespierre lui-même s'était prononcé contre le bonnet rouge ; je suis à même de justifier cette assertion : j'ai trouvé hier ce que je cherchais.

« Je respecte, comme le maire de Paris, dit Robes-
« pierre, tout ce qui est l'image de la liberté ; mais
« nous avons un signe qui nous rappelle sans cesse le
« serment de vivre libre ou de mourir ; et, ce signe, le
« voilà (il montre sa cocarde). En déposant le bonnet
« rouge, les citoyens qui l'avaient pris par un louable
« patriotisme ne perdront rien. Les amis de la révolu-
« tion continueront à se reconnaître à ce signe de la
« raison et de la vertu. Ces emblêmes seuls sont à
« nous ; tous les autres peuvent être imités par les
« aristocrates et par les traîtres ; je vous rappelle, au
« nom de la France, à l'étendard qui seul en impose à

3

« ses ennemis. Ne conservons que la cocarde et le dra-
« peau sous lequel est née la constitution. »

Je ferai suivre cette citation d'un morceau non moins
curieux. C'est Chaumette qui parle, et, cette fois, ce
grand prêtre de la déesse *Raison* a parfaitement raison.

« Depuis quand, s'écria-t-il un jour dans le conseil
« de la commune, est-il permis aux femmes d'abjurer
« leur sexe, d'abandonner les soins pieux du ménage,
« le berceau de leurs enfants, pour venir, sur la place
« publique, dans la tribune aux harangues, à la barre
« du sénat, dans les rangs de nos armées, usurper des
« droits que la nature a départis à l'homme. A qui
« donc la nature a-t-elle confié les soins domestiques?
« Nous a-t-elle donné des mamelles pour allaiter
« nos enfants? a-t-elle assoupli nos muscles pour nous
« rendre propres aux occupations de la maison et du
« ménage? »

Ni frac, ni tunique. Voir la motion d'un représentant tendante à imposer les redingotes.

STROPHE XXV.

Ça ira, ça ira, les aristocrates à la lanterne. Je ne
connais que le refrain de la Carmagnole. Je soupçonne
que c'est une chanson du même goût.

Il est des filles qui, nées en mauvais lieu, valent
pourtant mieux que leurs mamans; ce qui fait mentir
le proverbe : Telle mère, telle fille. La Carmagnole,
qui a eu probablement une nombreuse postérité, a donné
le jour à une chanson sur le même air, dont je ne
connais pas l'auteur, qui ne pouvait être cependant
qu'un homme d'esprit. Il y a bien un couplet dans le
style du temps qui jure avec les autres. A cela près,
la pièce est irréprochable quant au fond. Quelques
couplets, qui ne sont qu'un appel à la concorde et à la
fraternité, sont un peu faibles; on en jugera, car je
vais la transcrire en entier. Il m'a pris envie, non de
la retoucher, je l'aurais probablement gâtée, mais de
l'amplifier. Je me suis dit: Il est de règle au théâtre
qu'après la grande pièce tragique ou comique qui fait
la partie principale du spectacle, on joue quelque bouf-
fonnerie, à l'usage des braves gens dont l'esprit peu
cultivé n'a pu s'intéresser à des productions d'un ordre
supérieur, ou que le pathétique d'un drame larmoyant
a trop affectés. Mon chant communiste ne sera peut-
être pas compris par tout le monde. Faisons rire un

peu ceux qu'il n'aura pas déridés. J'ai à lutter contre un homme d'esprit, je succomberai probablement, mais j'aurai complété son œuvre : *Audaces Fortuna juvat.* Ai-je fait passablement? le public en jugera. Ce qu'il y a de vrai, c'est que, tandis que mon chant communiste ne m'a pris que quelques jours, j'ai fait le second en quelques minutes. Il était donc bien plus facile à faire, car je ne pense pas avoir été inspiré. Ce n'est pas Apollon, mais Bacchus, si ce n'est pas le vieux Sylène, qui inspire cette poésie terre-à-terre, et je ne suis pas un de ses suppôts; je ne suis pas même un buveur de café. Encore des vieilleries mythologiques! va-t-on s'écrier. Excuse-moi, lecteur, mon esprit en est farci, comme à ma sortie du collège; car j'ai peu de lecture. Je ne connais presque pas les auteurs à la mode, qui ont jeté aux orties cette friperie usée jusqu'à la corde. Il m'en coûte, d'ailleurs, de me convertir à la mode en fait de littérature. Je touche à la vieillesse. Allez-donc dire à un médecin, imbu des préceptes de Sangrado ou de Broussais, que les moyens curatifs de ces disciples d'Esculape doivent être abandonnés! Encore de la mythologie! Esculape! le prétendu dieu de la médecine, avec son serpent qui fait peau neuve. Décidément je suis un incurable.

Je vais marquer d'une astérisque les couplets à moi.

LA GAMELLE.

Air : *Dansons la Carmagnole.*

Savez-vous pourquoi, mes amis,
Nous sommes tous si réjouis?
   C'est qu'un repas n'est bon
   Qu'apprêté sans façon.
Mangeons à la gamelle :
   Vive le son,
   Vive le son,
Mangeons à la gamelle :
Vive le son du chaudron!

Point de froideur, point de hauteur ;
L'aménité fait le bonheur.
   Non, sans fraternité,
   Il n'est point de gaîté.
   Mangeons à la gamelle :
     Vive le son, etc.

Nous fesons fi des bons repas ;
On y veut rire, on ne peut pas.
   Le mets le plus friand,
   Dans un vase brillant,
   Ne vaut pas la gamelle :
     Vive le son, etc.

Vous qui baillez dans vos palais
Où le plaisir n'entra jamais ;
   Pour vivre sans souci,
   Il faut venir ici
   Manger à la gamelle :
     Vive le son, etc.

On s'affaiblit dans le repos,
Quand on travaille on est dispos ;
   Que nous sert un grand cœur,
   Sans la mâle vigueur
   Qu'on gagne à la gamelle ?
     Vive le son, etc.

Une fille à tempérament
Qui veut se choisir un amant,
   Aux faquins du bon ton,
   Préfère un bon luron
   Qui mange à la gamelle :
     Vive le son, etc

Savez-vous pourquoi les Romains
Ont subjugué tous les humains ?
 Amis, n'en doutez pas,
 C'est que ces fiers soldats
 Mangeaient à la gamelle :
  Vive le son , etc.

* Cher Cynéas, disait Pyrrhus,
Déguerpissons, je n'en veux plus.
 Chevaliers, plébéiens,
 Jusqu'aux patriciens,
 Tout mange à la gamelle :
  Vive le son, etc.

Ces Carthaginois si lurons
A Capoue ont fait les capons.
 S'ils ont été vaincus,
 C'est qu'ils ne daignaient plus
 Manger à la gamelle :
  Vive le son, etc.

* Ils durent regretter le temps
Où, plus sobres, mais triomphants,
 De breloques, d'anneaux
 Pleins étaient leurs boisseaux
 Et pleines leurs gamelles.
  Vive le son , etc.

* Quand le grand prince Agamemnon
Traitait, sous les murs d'Ilion,
 Ajax, Nestor, Phénix ;
 Il leur fallait, à dix,
 Un cuvier pour gamelle :
  Vive le son, etc.

* Xerxès, frotté par les Grégeois,
D'appétit se rongeant les doigts,
    Aurait de choux au gras
    Mangé, dans un repas,
    Une pleine gamelle :
      Vive le son, etc.

* Après avoir long-temps souffert,
Israël, n'ayant au désert
    Que manne à son dîner,
    Que manne à son souper,
    Se passait de gamelle :
      Vive le son, etc.

* Mais il avait vu sur les flots,
Avec leurs chars et leurs drapeaux,
    De ses durs ennemis,
    Dans la mer engloutis,
    Surnager les gamelles :
      Vive le son, etc.

* Jupiter et son messager,
N'ayant trouvé d'hospitalier
    Que le vieux Philémon,
    Humèrent le bouillon
    De sa sale gamelle :
      Vive le son, etc.

* Montézuma dans les liens
Des Espagnols, ses assassins,
    Privé de cuisinier,
    Avec eux au quartier
    Mangeait à la gamelle :
      Vive le son, etc.

* Rapportez, disait Phocion,
A votre roi, son riche don :
    J'ai là quelques porreaux ;
    Et de bons haricots
    Fument dans ma gamelle :
      Vive le son, etc.

* Les gourganes et les fayots
De Pythagore et ses suppôts
    Révoltaient le palais ;
    On n'en voyait jamais
    Au fond de leur gamelle :
      Vive le son, etc.

* Dans son îlot, à l'abandon,
Pour premier meuble, Robinson,
    Avec quelques copeaux
    Et des bouts de cerceaux,
    Se fit une gamelle :
      Vive le son, etc.

* De fait, le petit caporal,
A qui tout mets était égal,
    Comme un simple troupier
    A plongé sa cuiller
    Dans plus d'une gamelle :
      Vive le son, etc.

Bientôt les brigands couronnés,
Mourant de faim, proscrits, bernés,
    Vont envier l'état
    Du plus pauvre soldat
    Qui mange à la gamelle :
      Vive le son, etc.

Ah ! s'ils avaient le sens commun,
Tous les peuples n'en feraient qu'un ;
 Loin de s'entr'égorger,
 Ils viendraient tous manger
 A la même gamelle :
  Vive le son, etc.

Amis, terminons ces couplets
Par le serment des bons Français ;
 Jurons tous, mes amis,
 D'être toujours unis.
 Vive la République !
 Vive le son, vive le son,
 Vive la République !
 Vive le son du canon !

Au moment de mettre sous presse, je viens de
trousser deux couplets que je servirais bien au lecteur, si je ne craignais de lui donner des nausées.
Quand on hésite à ne pas faire une mauvaise chose,
on la fera probablement, dit un moraliste. C'est ce qui
va m'arriver. Oh ! ces auteurs, ces auteurs ! ils ne vous
font grâce de rien.

 * A toi, comme on dit, puis à moi :
 D'un vieux grognard telle est la loi.
  Chiqueurs, abstenez-vous !
  Ou sens dessus dessous
  Je flanque la gamelle :
   Vive le son, etc.

 * Dans la merluche un jour Jean Bart
 Vit une chique, par hasard.
  Pouah ! fit-il, et d'un bond,

Du *foc* à l'*artimon*,

Il' lança la gamelle :

Vive le son,

Vive le son,

Mangeons à la gamelle :

Vive le son du Chaudron!

Du foc à l'artimon. Foc est ici pour *Beaupré*, c'est à-dire le mât qui le supporte. C'est une figure de mots fort en usage en poésie. Il n'y a pas là matière à objection ; mais on me dit : Ce trait-là n'est pas dans la vie de Jean Bart ? C'est vrai, mais je le tiens d'un de ses collatéraux au 45me degré, que j'ai connu gardien du port à Brest, quartier de *Recouvrance*. On insiste, et l'on me dit : Jean Bart, chef d'escadre, ne mangeait pas à la gamelle. *Concedo*, quand il fut chef d'escadre ; *nego*, quand il n'était que gabier de *Beaupré*, et qu'il pesait sur la *bouline* du petit *hunier* en criant : Boulino oh! brasse cabillo. Boulino oh! rase la côte. Boulino oh! fais le corsaire. Boulino oh! arrache les oreilles au voilier. Ou encore, quand, *cueillant le tournevire* au pied du *cabestan*, il animait ses compagnons en chantant : Charivari! et pour qui? pour notre capitaine qui a attrapé un coup de pied de Vénus aussi! la la la.

Que n'avez-vous fait, l'auteur, un couplet sur le *couscoussou* des Bédouins? sur le *plum-pudding* des Anglais? vous avez encore oublié le *Manioc* dont font une si grande consommation les nègres de nos colonies. Parbleu! je le sais bien : j'ai omis bien d'autres traits. Et Sancho-Pança farcissant sa gamelle de poulardes entières aux nôces de Gamache! mais il faut se borner. Qui ne sait se borner, a dit le maître, ne sut jamais écrire. J'ai été bien tenté de parler de Cérès que je vois presque tous les jours sur la tapisserie du salon à manger de mon ami M..., la mine refrognée, la cuiller aux doigts et la gamelle devant elle sur le *trapèze*, (Car, voyez-vous, toutes les tables sont des trapèzes dans les auteurs grecs, et le sujet est grec d'origine). Je la vois, dis-je, prête à lancer de la bouillie au nez d'un enfant impertinent et moqueur. Mais un couplet n'aurait pas suffi. Il y a là tout un chapitre des métamorphoses d'Ovide, et je ne me sens pas assez concis, pour emboîter ce trait dans un si petit cadre. Faites donc con-

tenir dans une écuelle tous le millas d'un grand chaudron. Je ne suis pas de cette force. Une preuve palpa-
ble qu'un couplet auguste et inextensible ne peut ren-
fermer le trait en question , c'est qu'en voici un du même
format, qui dit beaucoup, et qui ne rapporte cependant
que la dernière partie de cette merveilleuse aventure.

Cérès, qu'indigne cet affront ,
Lui jette la bouillie au front.
        Bon , te voilà *lézard* !
    Et maintenant , moutard ,
    Va , mange à la gamelle.
        Vive le son, etc.

Les *gourganes* et les *fayols* ne sont pas lautre chose
que les fèves et les haricots. Il n'est pas vrai que Pythagore ait interdit les haricots à ses disciples. Quant
aux fèves c'est incontestable ; et cette horreur d'un
légume si nourrissant , si innocent , si peu coûteux
était telle, qu'ils auraient préféré se livrer à des ennemis mortels acharnés à leur poursuite, que de tra-
verser un champ de fèves (que ne peut-on dire *févière*
en français, ce serait moins traînant. Nous disons en
patois : *Oun bas ? — A la fabieïro*, et non pas *al camp
dé las fabos*). Mais pourquoi cette interdiction de la
part de Pythagore? c'est lui-même qui va nous le dire
dans le dialogue ou le polylogue des philosophes ven-
dus à l'encan , de Lucien. Le marchand qui veut l'a-
cheter lui demande de quoi il vit. Pythagore répond:
« Je ne mange rien qui ait vie, mais de tout le reste,
« hormis des fèves. — Et pourquoi? — C'est parce
« qu'elles ont quelque chose de divin : premièrement,
« elles ressemblent aux parties sexuelles de l'homme ;
« d'ailleurs , étant cuites et exposées à la lune un cer-
« tain nombre de nuits , elles se changent en sang ;
« mais ce qui est plus considérable , c'est qu'on s'en
« sert à Athènes pour élire les magistrats. »
N'est-ce pas le cas de s'écrier ici comme dans la
chanson : Les anciens sages de la Grèce, n'étaient pas
sages tous les jours.
Pour en revenir aux chants révolutionnaires, je n'ai
pas mentionné pour en médire , bien entendu, la
Marseillaise et le chant du *Départ*, que les septembri-
seurs ont pu vociférer dans leurs saturnales , et dont
nos émeutiers, dans leurs tumultueuses manifestations,

effraient les citoyens paisibles ; mais qui, dans la pensée de leurs auteurs, n'avaient pour but que, d'électriser les jeunes défenseurs de la république sur les champs de bataille. Parlez-moi de la *Marseillaise* quand elle est chantée par les marins du *Vengeur*, s'abîmant dans les flots, tout empantené, la carcasse criblée de boulets et le pavillon cloué au bout d'un tronçon de mât ; parlez-moi du chant du *Départ* suivi du départ *réel* de la jeunesse d'alors pour la frontière envahie ou menacée!

STROPHE XXVI.

Mai deviendra Prairial. Ce n'est pas sûr, car il s'en fallut peu que la Convention, sur la proposition du citoyen Romme, organe du comité de constitution, ne donnât à chaque mois de l'année, un nom qui eût rappelé les grandes époques de la révolution. Nous pourrions donc bien avoir un jour les mois de la régénération, de la réunion, du jeu de paume, de la Bastille, de la Montagne, de la fraternité, etc. etc. Dans l'hypothèse de l'adoption des dénominations proposées par Romme, plus de primidi, de duodi, de tridi etc. Le premier jour de la décade serait celui du niveau, symbole de l'égalité.

Le 2e, du bonnet, symbole de la liberté.

Le 3e, de la cocarde, couleurs nationales.

Le 4e, de la pique, arme de l'homme libre.

Le 5e, de la charrue, instrument de nos richesses terriennes.

Le 6e, du compas, instrument de nos richesses industrielles.

Le 7e, du faisceau, de la force qui naît de l'union.

Le 8e, du canon, l'instrument de nos victoires.

Le 9e, du chêne, emblème de la génération.

Le 10e, du repos et des vertus sociales.

Auxquelles de ces appellations donnerais-tu, lecteur, la préférence? Quant à moi, je suis depuis long-temps fixé. Il est un heureux choix de mots harmonieux: je préfère donc, à titre de poète, prairial, à régénération; floréal, à réunion; primidi, à bonnet; duodi, à cocarde.

STROPHE XXVII.

Branche d'amandier. Allusion à ce refrain menaçant pour les épaules des hommes d'ordre, vociféré pendant si long-temps dans nos rues : *Faren dansa la carmagnolo am'uno branco d'améliè.*

STROPHE XXIX.

M. Proudhon se charge de réaliser toutes ces merveilles sur la terre et dans le ciel. On ne saurait lui prêter, en ce genre. Il a dépassé de bien loin toutes les bornes imaginables, et pourtant son journal du peuple a des abonnés ; et soixante-dix mille suffrages lui ont valu le titre de représentant.

Je viens de lire dans le Constitutionnel du 13 avril un article délicieux, intitulé : Liquidation de la banque du peuple ; il se termine ainsi : « M. Proudhon n'est pas si diable après tout qu'il est noir. Il a réuni 18,000 fr. pour ses grands appareils qui doivent renouveler la face de la terre. Aujourd'hui nous espérons qu'il ne fera pas pour 18,000 francs de ruines, avec l'espèce de machine infernale dont il nous menace. Il a rendu un service immense ; c'est de faire connaître le néant du socialisme. Passez, divinité déchue ! vous vouliez faire lever le soleil à l'occident et le faire coucher à l'orient. L'immensité de vos prétentions n'a servi qu'à augmenter le ridicule de votre chute. Vous ne réussirez pas plus à renverser le monde que vous n'avez réussi à l'éclairer. *Vous êtes un Dieu en faillite !* »

STROPHE XXXIII.

Vivent les agapes !

Ces repas civiques si chers aux montagnards d'aujourd'hui, furent pourtant condamnés par la Convention en l'an II de la république, sur le rapport de Barrère, surnommé l'Anacréon de la guillotine, organe du comité de salut public, comme dangereux sous les rapports moraux, politiques et révolutionnaires. Écoutez, écoutez ! ceci est très-curieux :

On ne s'attendait guère
A tant de sens dans tel compère.

« Je ne viens point troubler la joie franche et naïve
« du peuple, mais l'éclairer. Aujourd'hui l'on élève des
« tables de fraternité dans toutes les rues, et des es-
« pèces de saturnales sont substituées à la décence des
« repas domestiques. Il y a deux mois, l'on avait ou-
« vert partout les temples de la *Raison ;* des jeux scéni-
« ques y remplaçaient un ancien culte. L'origine de ces
« étranges vicissitudes de l'opinion est la même. Les
« auteurs de ces usages singuliers ont le même but, le

« bût que poursuivaient Danton, Hébert, Camille
« Desmoulins, la contre-révolution.....

« Soyons prodigues de sentiments généreux, mais
« avares de fêtes publiques. Nous donneraient-elles l'é-
« conomie, la tempérance et l'hospitalité, ces vertus
« simples des peuples libres?... la fraternité n'est pas
« le fruit du commerce d'un jour. Elle ne se présente
« pas avec ostentation dans les rues et dans les places
« publiques; elle ne pousse pas de cris bruyants; elle
« ne comporte pas une joie immodérée »…. Assez,
assez…..… c'est lui qu'on aurait dû guillotiner plutôt
qu'Hébert et que Chaumette. — C'est possible, parce
qu'il n'y allait pas de franc jeu. Girouette politique, il
tournait, dit-on, à tous les vents; mais aussi le vent
tourna pour lui; car j'ai lu, je ne sais où, que, condamné à la déportation, au moment où le vaisseau, qui de-
vait le conduire à Sinnamary, levait l'ancre pour appa-
reiller, un fort vent d'ouest se leva subitement et
régna pendant plusieurs semaines. Dans cet intervalle
la faveur de ses amis ou un revirement dans l'opinion,
changèrent sa position, et notre Protée s'en tira les
chausses nettes; elles puaient cependant un peu le
goudron quand il descendit à terre.

Encore un petit morceau et j'ai fini.

« La fraternité est douce et modeste, elle est le pro-
« duit du temps et de la confiance. Le sentiment de
« l'humanité s'évapore et s'affaiblit en s'étendant sur
« toute la terre; l'ami de l'univers ne connut jamais
« le délicieux sentiment de l'amour de la patrie. Il en
« est de même du sentiment de la fraternité. Il faut en
« quelque manière le borner et le comprimer pour
« lui donner une activité utile. Nous ne cesserons de
« le répéter aux républicains sincères : les banquets
« tumultueux chassent les vertus de la république. »

Savez-vous pourquoi j'ai été aussi long dans ma citation? c'est que je vois dans ce discours la condamna-
tion de la fraternité de parade, celle du culte de la
déesse *Raison*, et, enfin, celle de ces révolutionnaires
cosmopolites qui vont partout prêchant l'insurrection
contre les pouvoirs établis, et édifiant à leur place des
républiques oppressives et éphémères.

De Sparte le noir brouet.

C'est pourtant ce qui te pend à l'oreille, citoyen!
Écoute un peu ceci! ce n'est pas moi qui parle, c'est
Saint-Just. Non pas Saint Just le béat, qui partage

avec Saint Pasteur l'encens et les offrandes des fidèles
de la paroisse de ce nom ; non pas Saint-Just notre
voisin, qui ne perd pas un mot de ce qui se dit de mal
dans une salle dépendante autrefois de son église, et
qui en tient note ; mais Saint-Just le disciple de Robespierre. « Nous vous parlâmes du bonheur. L'égoïsme
« abusa de cette idée. On réveilla soudain les désirs de
« ce bonheur qui consiste dans l'oubli des autres et
« dans la jouissance du superflu. Le bonheur ! le bon-
« heur ! s'écria-t-on. Mais ce ne fut pas le bonheur de
« Persépolis que nous vous offrîmes : ce bonheur est celui
« des corrupteurs de l'humanité. Nous vous offrîmes
« le bonheur de Sparte et celui d'Athènes dans ses
« beaux jours. Nous vous offrîmes le bonheur de la
« vertu, celui qui naît de la jouissance du nécessaire
« sans superflu. Nous vous offrîmes pour bonheur, la
« haine de la tyrannie, la volupté d'une cabane et d'un
« champ fertile cultivé par vos mains..... Une charrue,
« une chaumière à l'abri du fisc, une famille à l'abri
« de la lubricité d'un brigand. Voilà le bonheur ! » —
Eh bien, l'ami, cela te convient-il ? — Pas le moins du
monde ; au diable Saint-Just et sa vertu ! autant vau-
drait être bon chrétien. S'il faut absolument que je
travaille, j'aime mieux me reposer le septième jour
que le dixième.

STROPHE XXXV.

M. Pyat a appelé spirituellement la présidence de la
République, un *chicot* de monarchie, dans un discours
à l'adresse des paysans, prononcé dans un banquet
montagnard-socialiste.

STROPHE XXXVII.

« Quand on a quatorze armées sous la tente, » disait le
farouche Billaud-Varenne, le promoteur des massacres
de septembre, « ce ne sont pas seulement les trahisons
« qu'on doit craindre et prévenir. Dans un état libre
« les généraux sont toujours inquiétants. Il faut quel-
« quefois appréhender jusqu'à leurs exploits. N'oubliez
« pas que le premier tyran de Rome, parti de cette
« cité avec le titre de simple général, y rentra, après
« la conquête des Gaules, en vainqueur et en maître ;
« n'oubliez pas que l'armée de Fairfax appuya l'usur-
« pation de Cromwel ; n'oubliez pas les tentatives de

« Lafayette, pour faire marcher le camp retranché de
« *Sédan* sur Paris; n'oubliez pas surtout l'intention
« bien prononcée tout récemment, de nous conduire
« à la *stratocratie*, en hérissant insensiblement la France
« d'armées révolutionnaires. »

STROPHE XXXVIII.

Il s'agit ici de la fameuse *Marianne* que l'on ne pro-
duit encore qu'en carton dans les processions socialistes, en attendant d'avoir une déesse de la liberté de
chair et d'os, comme en 93.

STROPHE XXXIX.

S'il convient que la déesse de la liberté soit présentée
sous les traits d'une *virago*, belle de figure, large de
carrure, haute de stature; il est rationnel que la
déesse *Ratio* ou *Raison* ait 60 ans au moins, 65 ans au
plus. A cet âge on peut être grand'mère, on en impose
sans être trop flétrie.

STROPHE XL.

Cette strophe m'est venue dans le chemin creux de
Razimbaud, dans la circonstance que voici : je me pro-
menais préoccupé de mon chant communiste dont j'a-
vais fait les deux tiers. Quinze à dix-huit fossoyeurs
donnaient à un mailleul sur le bord du chemin une façon qui semblait leur coûter beaucoup, car la terre
était très-aride. A l'aspect d'un oisif, l'un d'eux se dresse,
et, s'appuyant sur son bident, il me dit d'un ton moqueur : *Eh bé! nous passéjan atal?—Eh oui, me passéji,
mè trabailli en mé passéjan: pouden pas toutis foucha la
terro. Sé trimats en la trabaillan, trimi d'un'aoutro ma-
nièiro; suzats de cos, ieou suzi d'esprit; cerqui dins ma
cabocho quicon qué mé douno prou de péno, et qué trouba-
rei pas bèleou.* Un éclat de rire homérique accueillit
ma réponse. Cette rencontre me porta bonheur, et je
trouvai, quelques pas plus loin, la strophe finale qui
résume avec quelque énergie toute la pièce.

OBSERVATIONS.

L'enragé communiste, qui chante par ma bouche les couplets qu'on vient de lire, ne sera pas désavoué *in petto* par ses co-religionnaires; ses vœux et ceux de son parti ont failli être exaucés en juin 1848. Qui de nous, à la ville ou à la campagne, n'a pas été, depuis la dernière révolution, abasourdi et consterné de chants et de vivats ayant la même signification. Les journaux rouges ne font pas la petite bouche de pareilles friandises. Quelques bonnes que puissent être les intentions de certains rêve-creux, qui se croient sûrs de gouverner comme il leur plaira, une multitude dont on surexcite toutes les mauvaises passions, ils seraient certainement débordés par elle, et paieraient de leur vie leur résistance à l'assouvissement de sa haine contre les riches ou prétendus tels et de ses appétits brutaux.

Ce parti, une fois triomphant, ne s'en tiendrait pas à une constitution que ses chefs n'ont pas votée, qu'il déteste, dont il prétend toutefois connaître mieux l'esprit que ses rédacteurs, et à laquelle il n'affecte de se rallier que faute de mieux. Il est fort douteux que la constitution de 93 elle-même lui suffit. Elle fut décrétée, en effet, par des hommes qui fulminèrent la peine de mort contre quiconque proposerait la loi agraire, ou tout autre loi *subversive des propriétés territoriales, commerciales et industrielles*. La Montagne d'alors ne serait qu'un mamelon auprès de celle où s'agglomèrent aujourd'hui les nuages gros de vents, de grêle et de feux qui doivent anéantir la société, si la providence ne les dissipe. La constitution que décréteraient nos jacobins ne serait pas longue. Après table rase, une vingtaine d'articles suffiraient. On n'aurait pas même besoin de se creuser la tête pour les rédiger, de se pénétrer des lois de Lycurgue et de Solon, de rechercher à la bibliothèque nationale le fameux exemplaire des lois de Minos, dont se servit *Hérault-Sechelles*, rapporteur du comité de constitution d'alors. Il a existé un législateur dont les conceptions furent bien autrement merveilleuses. Ce n'est ni Guillaume *Penn*, ni *Washington*, ni *Rousseau*, ni *Mirabeau*, ni *Siéyes*. C'est mon oncle Thomas. Ce boucanier sans pareil qui se parait du titre d'exterminateur des Anglais et des moines, s'étant emparé de l'île de Fernandès, dont il fit un nid de pirates, sentit le besoin de refréner douze cents flibustiers qui n'étaient dociles à ses commandements qu'à la mer, et tant qu'il ne s'agissait que de saccager les colonies espagnoles et anglaises, ou d'amariner les vaisseaux marchands de tout pavillon qui hantaient ces parages. La ville une fois bâtie, les magasins et les arsenaux bien fournis de vivres, d'agrès et de munitions de guerre, le moment de l'oisiveté était venu; et les compagnons de mon oncle pouvaient fort bien, à défaut d'ennemis extérieurs, s'égorger par passe-temps les uns les autres. Il résolut donc de faire une constitution pour les tenir en bride. Voici son dialogue avec son neveu, qui ne pouvait croire à une pareille prétention de la part d'un forban aussi terrible, sans doute, aux Espagnols et aux Anglais que l'*Olonais*, *Montbar*, etc., mais tout-à-fait illétré.

« Vous, mon oncle, vous ferez une constitution ? — Parbleu, tout comme un autre. — Je crains qu'elle ne vaille rien. — Eh bien, j'en ferai une seconde. — Qui ne vaudra pas mieux. — J'essaierai d'une troisième. — Qui ne vaudra pas davantage. — Savez-vous, mon neveu, que vous êtes un impertinent ! Écrivez ce que je vais vous dicter :

Droits de l'Homme.

« Chacun a ici le droit de vivre dans l'abondance et sans rien faire.

Du Gouvernement.

« Le général Thomas étant proclamé grand régulateur, réglera et déréglera tout à volonté.

Codes civil et criminel.

« Comme les hommes n'ont de différend entr'eux que parce que l'un veut avoir ce que l'autre possède, personne ici n'aura rien en propre.

« Comme les magistrats sont inutiles où il n'y a pas de contestation, il n'y aura pas de magistrats ici.

« Comme il ne faut ni prison, ni geoliers, ni procureurs, ni avocats où il n'y a pas de magistrats, il n'y aura ici ni.. ?..ni geoliers, ni bourreaux. (Cet article ne vaut rien pour des républicains-socialistes, qui, n'ayant pas des mers fréquentées par de riches galions à écumer, ne peuvent se sustenter qu'aux dépens de bourgeois durs à la détente, et qu'on ne peut conséquemment dépouiller que par les voies coërcitives).

4

« Comme il est du devoir d'un législateur éclairé de tout prévoir ; si dans l'ivresse ou de sang froid , on s'injurie ou l'on se frappe, les parties iront vider leur querelle, à coups de fusil, dans un coin de l'île, et le grand régulateur nommera quatre témoins qui veilleront à ce que tout se passe dans les règles.

« Si quelqu'un assassine , il sera assassiné par le meilleur ami du défunt.

Des Finances.

« Comme le grand régulateur n'a aucun revenu assuré, et que des circonstances imprévues peuvent nécessiter des sacrifices, il sera établi par moi, dans les cas extraordinaires seulement , un impôt unique et volontaire.

« Tu sens bien que, si je voulais, j'imposerais, tout comme un autre, la terre, les maisons, les portes, les fenêtres, les cheminées , les chevaux, les ânes , le blé, le vin, l'eau-de-vie, et tous les objets connus; mais cela fatiguerait les cerveaux des contribuables, qui craindraient d'être toujours en contravention ; et puis il faudrait une nuée de faiseurs de rôles, de percepteurs etc.; la moitié de la colonie serait sans cesse occupée à vider les poches de l'autre.

« — Voyons, mon oncle , sur quoi établissez-vous votre impôt unique et volontaire ?— Sur la respiration. C'est un véritable don gratuit que mon impôt ; car enfin celui qui ne voudra point respirer ne paiera rien.

Des Cafés et Estaminets.

« Après le dîner, ira prendre du café qui voudra et autant qu'il en voudra.

« Deux fois par décade il sera délivré pour les estaminets huit pièces de vin de deux cents pots qui seront bus dans le jour par les matelots et les soldats qui voudront s'amuser honnêtement. Ils y trouveront des pipes et du tabac, et pourront en emporter ce qu'ils jugeront utile à leur consommation.

De la Population.

« Le mariage étant insupportable où il est indissoluble, et ne signifiant rien où le divorce est admis, on ne se mariera pas du tout.

« Mais comme il faut des enfants pour perpétuer une colonie,....on en fera tant qu'on pourra, et les mères en auront soin , selon la destination que leur a donnée la nature.

« La nature les destinant également pour l'homme, ces dames ne pourront en refuser aucun ; mais, pour le maintien des mœurs publiques, et afin d'éviter tout conflit....... (je m'abstiens de passer outre : mon oncle Thomas brave ici par trop l'honnêteté.)

« La faiblesse paternelle étant contraire aux progrès des enfants, les nôtres se développeront de bonne heure, parce qu'aucun ne connaîtra son père.

« Aussi, dès l'âge de dix ans, les garçons seront mousses ou tambours.

« Dès l'âge de huit ans, les filles sauront faire des mines et jouer de la prunelle, et à quinze ans on en fera de petites mamans. »

Je n'ai pu résister au plaisir de copier les principaux articles de cette constitution admirable. Je demande pardon au Lecteur de ma longue citation. Quand Pigault Lebrun, auteur du roman de Mon oncle Thomas, s'épanouissait ainsi la rate aux dépens des législateurs de l'époque, il ne se doutait probablement pas, quel que fût le délire des novateurs qu'il voyait instrumenter, que de si folles, de si ridicules idées seraient à l'ordre du jour cinquante-cinq ans après; et que la constitution de la cité *Thomassine* aurait chance d'être un jour celle du peuple français, voire même celle de tous les peuples de la terre. Quel portentueux progrès !!

Et maintenant, lecteur, qui que tu sois et quel que tu sois, rouge, blanc, tricolore ou incolore, si j'ai pu te blesser dans tes croyances politiques, que la gaîté qui règne, dit-on, dans ma pièce et dans ses accessoires, te désarme. *Solutis risu tabulis ego missus abibo.* J'en ai du moins l'espoir. J'ai été fessé dans mon enfance (qui l'a jamais mérité plus que moi !) par des matrones ou des pédagogues d'humeur différente. Les uns ou les unes, à face rébarbative ; les autres à mine riante, quoique moqueuse et sarcastique. J'abhorre encore les premiers, et je conserve un doux souvenir des seconds. C'est que le triste, le morose, le laid déplaisent toujours, surtout à l'enfance. C'était un évènement à la classe de M. *Izarn*, quand il arrivait avec une férule neuve. On se la montrait avec intérêt, et c'était, pour ainsi dire, à qui l'étrennerait le premier. Pour en finir de ces comparaisons, mes coups de cravache se font sentir, soit; mais l'instrument est-il gentil? Et le cravacheur met-il de la grâce à les administrer? C'est ce qui importe; on se gratte ou l'on se frotte l'épiderme et tout est dit.

C'est assez rire pour cette fois; aussi bien ne suis-je pas foncièrement aussi gai que j'en ai l'air. *Medio de fonte facetiarum mearum surgit amari aliquid.* Qu'on ne m'envie pas les moments agréables que cette composition m'a procurés; ils m'étaient bien dus après les tracas de toute sorte que j'ai endurés. Je les expierai probablement par une longue tristesse. Elle est, depuis février 1848, sur tous les visages, quand ils n'expriment pas la haine et l'envie. Que maudit soit celui qui le premier a fait le tracé du fossé de démarcation entre les républicains de la veille et ceux du lendemain! Que Satan rappelle à lui ceux qui s'appliquent sans cesse à le creuser et à l'élargir! Laissons là le pic et la pioche! à la pelle, citoyens, à la pelle! hâtons-nous de le combler pour nous jeter dans les bras les uns des autres. Nous avons pour président de la République le personnage qu'il nous faut; il a pour ministres des hommes honnêtes, capables et patriotes. Leurs intentions sont des meilleures; laissons-les opérer; nous leur devrons prochainement la fin de tous nos maux. Ainsi soit-il.

Ami lecteur, je n'ai pas été gâté par le public; mes premières couches ne furent pas des plus heureuses; la durée de la gestation pour la mise au monde littéraire d'une œuvre d'esprit durable, doit être bien plus longue que pour la création de l'homme, qui est pourtant, c'est lui qui le dit, le chef-d'œuvre de la nature. L'enfant naît viable le cent quatre-vingtième jour après sa conception (code civil art. 312 et 314.), mais aussi la plus longue vie de l'homme ne dépasse guère cent-dix ans; tandis qu'un bon poème, l'Iliade, par exemple, dont rien n'annonce encore la caducité, vit des milliers d'années. « Le temps respecte peu ce qu'on a fait sans lui. » Gardez neuf ans au moins votre libelle en porte-feuille! nous recommande Horace. *Nonum prematur in annum.* Polissez-le sans cesse et le repolissez! nous crie Boileau. A d'autres! l'amour de la louange (c'est un poison si doux qui chatouille les âmes!) et l'âpreté du *quest* sollicitent sans cesse un auteur à produire son fruit au grand jour de la devanture du libraire, quelque difforme et mal léché qu'il soit. Ma précipitation m'a donc déjà fait faire un *fiasco;* autant m'en pend à l'oreille cette fois. Bah, j'aurai quinze années devant moi pour me consoler! la rage poétique n'est chez moi que quindecennale ou à peu près. On me prouverait difficilement que j'aie versifié de 1820 (époque de mon début à Toulouse, où

je tympanisai, à la grande jubilation de mes amis, M.
Ruffat et ses consorts, professeurs à la faculté de droit)
De 1820, dis-je, à 1835, année où apparut sur l'horizon
rocailleux de *Trausse* ma *Notre-Dame du Cros*, sans
auréole au front, pour ne pas trop éblouir les yeux.
On ne me prouvera pas davantage que j'aie repris ma
mandoline ou plutôt ma vielle avant l'année 1848 ;
mais ma culpabilité a été grande depuis, je dois en
convenir. J'ai fait trois ou quatre pièces à la fois; c'est-
à-dire que j'ai commis trois ou quatre délits pour un.
Mais j'ai à faire valoir une circonstance bien atténuante:
j'ai voulu, dans ce temps de discorde et de misère,
m'amuser et amuser les autres. A l'œuvre, poètes sati-
riques! le *ridiculum acri* recommandé et pratiqué par
Horace, qui, éjaculé par l'inépuisable pompe à jet de
Voltaire, a fait autant de mal à la religion, que cet
auteur eût dû respecter, qu'au fanatisme qu'il pouvait, à bon droit, asperger et submerger ; ce ridicule,
qui, lancé plus tard d'une main sure à la face des
Bourbons ou des barbons de la branche aînée, les
a fait déguerpir tous barbouillés et ruisselants; et
n'ayant, comme on dit, que les dents de sèches ; le ri-
ridicule, dis-je, est encore du goût de bon nombre
d'esprits, malgré la grande faveur du vaporeux, du
mystique et du sentimental. Vous n'aurez pas le plus
petit reproche à vous faire, car vous ne vous at-
taquerez à rien de respectable. Une furie, le bonnet
rouge au front, l'écume à la bouche et la pique à la
main, est plutôt la déesse de la vengeance que celle de
la liberté. S'il est doux de faire parler de soi *volitare
per ora virorum*, c'est surtout quand on défend une
sainte cause, celle de la religion, de la société, de la
famille. Le comité de la république modérée encoura-
gera vos efforts. Ce n'est pas de la prose seulement
qu'il lui faut ; la prose marque souvent le pas, quand
la poésie vole ou tout au moins chevauche.

A MONSIEUR X****

MEMBRE DE L'ACADÉMIE FRANÇAISE.

Monsieur,

Je me permets bien téméraírement, sans doute, de vous faire hommage d'un chant satirique sur le communisme, que l'indignation des excès de ses fauteurs m'a inspiré. Ce n'est pas sans dessein que ma moquerie ne se révèle pas dès le début. C'est un piège auquel plusieurs de mes auditeurs se sont attrapés ; mais au tiers du chapelet, les moins intelligents ne peuvent plus s'y prendre, et mes strophes deviennent, de là jusqu'à la fin, de plus en plus blessantes pour nos adversaires.

Des amis trop prévenus en ma faveur, sans doute, me disent que ces couplets cruellement ironiques doivent avoir du succès, et m'engagent à les faire imprimer à Paris, pour qu'ils puissent de là se répandre un peu par tout, en cas de réussite. Ils pensent que le moment est bien choisi, et que le cynisme insolent du coupe-jarret qui chante cet hymne *Maratico-Babouvien* peut faire des prosélytes à la cause de la république modérée parmi les électeurs Veuille le dieu de la chanson que vous trouviez, dans mon cantique révolutionnaire, une partie des mérites qui recommandent cette sorte d'ouvrage ! Voilà pour mon amour-propre, car vous êtes un des grands maîtres de l'art, et ce sont vos poésies légères qui m'ont servi de modèle. Mais, veuille surtout le dieu des bonnes gens, que la candeur de mes véritables principes, se révélant à travers l'enveloppe écarlate qui les déguise, je puisse ramener quelques voix à la cause de l'ordre !

Mon ami M. ****, jeune docteur en médecine, aura l'honneur de vous remettre mon envoi. Il vous amusera, si vous en avez le loisir, en vous racontant comment il se fait qu'un homme paisible et contemplateur, que préoccupent, aux dépens de sa santé, ses affaires privées et la chose publique ; qu'un ami silencieux des Muses se trouve avoir chez lui un club, dont les membres ne sont pas communistes, il faut leur rendre cette justice, mais font cependant leurs délices des journaux les plus exaltés de la Montagne, et sont grands amateurs de manifestations tumultueuses.

Je suis à même de faire les frais d'un tirage un peu fort, si vous croyez au succès de mon hymne démagogique, et je ne serais pas fâché de tirer quelque parti d'un travail qui m'a peu coûté, *indignatio facit versum*, mais qui n'en est pas moins le résultat de longues études et d'une connaissance assez approfondie des hommes et des choses de nos trois révolutions. Je n'en serais pas fâché, dis-je, ne serait-ce que pour me pourvoir de quelques bons ouvrages de l'époque, dont je sens péniblement la privation. Quelques classiques portatifs qui se frippent dans mes poches, et qui me battent les mollets, font toute ma bibliothèque. Je l'avoue à ma honte, je ne connais que la plus petite partie de vos œuvres et de celles de M. de Lamartine et rien de vos imitateurs. Les journaux et nos affaires personnelles nous absorbent, à la ville, par le temps qui court; et j'ai vécu longues années à la campagne, où je n'étais guère en rapport qu'avec des hommes de peine.

Ah ça! est-ce que vous n'êtes pas un homme de peine, par hasard! Ce n'est pas seulement Hercule (mon patron, par parenthèse) qui veut que les gens se remuent avant de les aider; ce sont toutes les divinités de l'Olympe, Apollon, Mars, Minerve, Mercure, Vénus elle-même; ce sont encore les saints de notre calendrier; j'entends ceux qui avaient un métier sur la terre. Ce farceur de M. qui aboie après les hommes de loisir, (il appelle ainsi tout ce qui ne porte pas le tablier ou le sarrau) accouche-t-il sans travail de ses vaudevilles et de ses discours? Pardon, Monsieur, de la liberté grande, et croyez que vos bons ouvrages trouvent des admirateurs sous notre parallèle, entr'autres votre serviteur, mais plus encore, s'il est possible, mon oncle M..... qui a toujours un volume de vos œuvres sur son bureau; qui m'a guéri de mes préventions déraisonnables contre la nouvelle littérature, etc., etc.

P. S. Cette pièce, pour faire plus d'effet, doit être chantée sur l'air du *Passage de la mer rouge* ou *du Roi populaire*, air très-drôle et très-répandu. Il est de fait qu'elle plaît beaucoup ici. Si tout le monde ne se moque pas de moi et si l'on a quelque goût sous notre latitude, il pourrait se faire, eu égard à l'à-propos, que les Parisiens s'en accommodassent. Assistez-moi poète, dans cette circonstance. Je vous confie mon opuscule. Reboul et Jasmin ont trouvé des protecteurs; soyez le mien, si je le mérite. Le genre badin n'est pas sans difficulté, vous le savez de reste. On fait un peu de tout sur le Parnasse, on y pleure, on y rit, on y chante, on y observe même les étoiles.

A propos d'étoiles et de Reboul et Jasmin, deux seulement ne font pas une constellation, il en faut au moins trois. Faites que la mienne détermine le triangle. Elle brillera moins que les deux autres sur notre petit horizon; ce sera, si vous voulez, une *Nébuleuse*. A cela ne tienne! les *Pléiades* n'ont pas toutes même dimension, ne sont pas même toutes visibles à l'œil nu. J'en dis autant des étoiles du *Cerf-volant*, que nous appelons mythologiquement *Grande-Ourse*, et chrétiennement *Chariot-de-David*.

Halte-là! me direz-vous; on ne fait pas partie du sacré chœur des poètes, quand on n'a pas son domicile à Paris; à moins d'être menuisier, comme M.e Adam; boulanger, comme Reboul; perruquier, comme Jasmin. Les poésies légères du premier s'appelaient des chevilles, celles du second sont des brioches et celles du troisième des papillotes. Êtes-vous forgeron, taillandier, savetier? — Hélas, Monsieur, je ne suis qu'un odieux petit rentier, pour mon malheur, un infâme capitaliste de bas étage, par pur accident, la révolution m'ayant surpris au moment où, vendeur d'immeubles à la campagne, j'en avais

acquis de même valeur à la ville, que je n'ai point encore payés.
Si les impôts projetés par MM. Garnier-Pagès et Turk (oh, le
Turc ! oh le Corsaire !) pour rançonner les rentiers avaient
passé, j'aurais eu beau crier : Je suis souris, vivent les rats !
Jupiter confonde les chats ! Mes créances hypothécaires figu-
rant dans mon actif, sans égard pour mon passif, qui se compose du prix des immeubles achetés et non tout à fait payés,
par la difficulté de rentrer dans mes fonds, on tirait sur moi
à boulet.... *rouge.*

Je n'ai donc pas de métier pour le quart-d'heure; mais je
m'en donnerai un au plutôt, pour ne pas être inscrit au rôle
infamant des oisifs.. Mais attendez !... j'ai été mieux que tout
cela. J'ai tenu la *barre* dans mon adolescence, en qualité de *Pi-
lotin,* sur la *Duchesse d'Angoulême*, capitaine Barbier, né à
Smyrne; j'ai été subrecargue sur *La Légère*, capitaine Au-
riemma, génois d'origine, et aspirant de marine sur le brick-
goëlette de guerre *le Messager*, commandé par M. d'Oyson-
ville, qui eut le malheur de perdre, longues années après, dans
le Levant, le vaisseau le *Sceptre.* Ma muse étant un peu caus-
tique, mes poésies s'appelleraient : les *Coups de garcette de
Birat.* O grand Saint Pierre du paradis poétique, ouvrez-moi
la porte, s'il vous plaît !...

Excusez mon bavardage Je voudrais vous intéresser un peu.
Je n'ai pas été épaulé dans ma jeunesse, ni dans mon âge mur.
Je n'ai eu pour consolation dans ma disgrâce littéraire qu'une
lettre, on ne peut plus flatteuse, il est vrai, de M. *Béranger,*
à qui je me permis d'adresser, en 1835, un exemplaire de mon
poème de *Notre-Dame du Cros,* écrit en vers badins, comme tout
ce que je compose (notez que je ne compose que tous les
quinze ans). Il ne trouva pas celui-là que je donnasse dans le
burlesque, et que mon poème ne fût bon que pour des paysans.

Je tire aujourd'hui diantrement sur le grison. Mais je suis
jeune encore de cœur et d'imagination; j'ai quelque facilité à
rimer, et l'on me traitait, dans mon enfance, de petit original.
Il me semble qu'avec des encouragements, je pourrais faire
quelque chose de meilleur que ce que je vous envoie, sans
courtiser la muse équestre, celle qui embouche la trompette.
Un peu de colophane pour mon violon, un peu d'avoine pour
mon roussin, repu jusqu'ici de chardons et de vannes! Si j'é-
tais assez heureux pour que vous pensassiez de mon opuscule
ce qu'en pensent mes amis, et que de votre forte voix, qui a tant
d'autorité en poésie, vous voulussiez bien le dire, je réussirais
probablement, et je pourrais espérer, pour mon convoi funèbre,
un drap d'honneur tenu par MM. de la Société Archéologique
dont, après avoir un peu grossi mon bagage littéraire, je pourrais devenir membre. Je sais couramment les déclinaisons
grecques, et je ne mords déjà pas mal aux conjugaisons. Je
suis un peu plus fort sur le latin, ayant assez bien digéré les
particules de *Louvain.* Ajoutez à cela un peu d'italien, un
tantin d'espagnol et quelques mots d'anglais, que j'écorche
ou qui m'écorchent.... Que faut-il davantage? Ce qui me man-

quera toujours, et que je pouvais facilement acquérir à Paris, au cours de M. *Raoul Rochette*, la connaissance du style lapidaire et des principes de l'art monumental; car nous avons ici quelques pierres d'une grande antiquité, et une cathédrale inachevée dont Chapelle et Bachaumont on dit beaucoup de. mal; ce qui n'empêche pas qu'elle ne fasse l'admiration des connaisseurs. Voilà un *Post-Scriptum* un peu plus long que le corps de la lettre; ce qui est tout à fait anormal. O pardon, mille fois pardon!

Je suis, etc.

Réponse......Ah oui, de reponse! va t'en voir s'ils viennent, Jean! Mon envoi n'ayant pu jusqu'ici être remis en main propre, est resté dans celle de mon mandataire. Par charité, Messieurs, ne vous moquez pas trop de moi! *Risum teneatis amici!* il faut le temps à tout, que diable! il vous semble déjà que la *sale* lunette des oubliettes de l'honorable destinataire, à livré passage à ma vermine qui s'y est asphixiée. Si ce malheur m'est arrivé, se sera un déni de justice littéraire de plus et voilà tout. Je ne m'écrierai pas comme cette femme Macédonienne, victime d'une sentence inique : Ah , si Philippe le savait! d'abord parce que Philippe est en Angleterre, où il se plaint lui-même du déni de justice du peuple français à son égard ; ensuite parce que les têtes couronnées ont donné juridiction souveraine, pour ces sortes d'affaires, à des corps savants qui, sous leur responsabilité, s'en acquittent tant bien que mal; mais je me dirai tout bas, tout bas, de peur que quelqu'un de mes concitoyens ne m'entende et n'en hausse les épaules : Ah , si Voltaire pouvait le savoir!

Si l'Atacin *Guiraud*, qui fesait redire aux échos des vallons de Limoux ses vers élégiaques ou tragiques, n'avait pas été plus encouragé que moi ; il ne serait pas mort membre de l'académie française; et sa fourmilière de *Macchabées* n'aurait pas été égorgée, avec leur misérable mère, sur la scène ou dans les coulisses du théâtre de la rue Richelieu. J'en dis autant du poète *Soumet*, dont la Clytemnestre a fait assassiner

par son amant, pendant je ne sais combien de représentations, son glorieux époux, qui, la tête et les bras
emberlificotés d'une chemise ou d'un peignoir, dont
le cou et les manches avaient été traitreusement cousus,
ne put se soustraire au poignard de l'odieux Egiste.
Tel, si le burlesque au tragique se compare, j'ai vu
quelque fois un pauvre enfant sortant de l'eau par un
temps frais et courant en toute hâte à ses habits, s'ac-
croupir tout grelottant, et pleurer à chaudes larmes,
parce qu'il ne pouvait revêtir sa chemise que des
espiègles sans pitié avaient étroitement nouée. J'ai
battu pendant trois ans le pavé de Paris, allant pédes-
trement, plusieurs fois par semaine, de la rue Thiroux
à l'Observatoire où, pour tuer le temps en m'instruisant,
je suivais un cours d'astronomie. Je revenais par la
Sorbonne où se fesait un cours de physique expéri-
mentale qui m'intéressait beaucoup ; et je cinglais de
là, aussi droit que possible, vers le Conservatoire des
arts et métiers, où, mêlé à un nombreux concours
d'ouvriers, je fesais mon profit des courtes mais claires
et substantielles leçons de MM. Pouillet, Charles Du-
pin etc. C'était bien réellement le chemin de l'école
ou plutôt des écoles que je prenais pour rentrer chez
moi. J'avalais encore un peu d'astronomie physique,
le dimanche, avant dîner, au cours gratuit de M. Achille
Comte, à la mairie des petits pères. Il y avait là aussi
quelques ouvriers, on ne les voyait pas dans les émeutes
ceux-là. — Qui diable a jamais fait attention à moi ! —
En ce temps-là pourtant un de mes anciens camara-
des était ministre; et mon voisin de propriété au village,
et voisin limitrophe, jouissait d'un grand crédit. Tout
n'est qu'heur ou malheur sur notre chétive planète.
Jupiter a pour nous mis deux tables au monde; et
j'étais condamné par mon peu de savoir-faire, malgré
mon appétit du vrai savoir, à manger à la seconde
table les reliefs peu ragoûtants de la première. *Sic
fata voluere.....* Monsieur Birat ! — Qu'est-ce ! — Une
lettre de Paris ! Voyons. — Quelle signature étrange !
Victor Hugo ! Holà ! Il n'a pas encore lu mes vers, mais
ma prose lui plaît, cela promet. — Toutefois ne nous
flattons pas trop.

FIN.

ERRATA.

PRÉFACE.

Page 5, ligne 31, au lieu de pas derrière, *lisez :* par derrière.

CHANT COMMUNISTE.

Page 3, Strophe VI, au lieu de Monarchiens *aux abois*, *lisez :* Des plats zélateurs des rois.

Page 11, Strophe XXXI, au lieu de Sous la république *lisez :* Dans la république.

Nota. Ce petit ouvrage a été composé si vite et imprimé avec tant de précipitation, qu'il doit fourmiller de fautes, soit de style, soit de typographie. Pour les premières, c'est sans remède ; ce qui est plat ou incorrect restera tel, quand aux secondes, il n'y a pas grand inconvénient. Les fautes d'orthographe empêchent rarement de saisir le sens d'une phrase. Pour ce qui est de l'accentuation et de la ponctuation, qui laissent peut-être beaucoup à désirer, voici une poignée d'accents de toute forme, de points et de virgules, que le lecteur voudra bien distribuer où besoin sera. — à à à â â â é é é è è è ê ê ê ê ë ï ï ô ô û û î î . . : ; . ; . . . , , , , , : : , , ; , , ;

www.ingramcontent.com/pod-product-compliance
Lightning Source LLC
Chambersburg PA
CBHW060821180626
46818CB00002B/911